Johannes Huber

Verhaltnis der deutschen Philosophie zur nationalen Erhebung

Antigonos

Johannes Huber

Verhaltnis der deutschen Philosophie zur nationalen Erhebung

Unveränderter Nachdruck der Originalausgabe von 1871.

1. Auflage 2024 | ISBN: 978-3-38634-560-6

Antigonos Verlag ist ein Imprint der Outlook Verlagsgesellschaft mbH.

Verlag: Outlook Verlag GmbH, Zeilweg 44, 60439 Frankfurt, Deutschland, info@outlook-verlag.de
Vertretungsberechtigt: E. Roepke, Zeilweg 44, 60439 Frankfurt, Deutschland
Druck: Libri Plureos GmbH, Friedensallee 273, 22763 Hamburg, Deutschland

Das
Verhältniß der deutschen Philosophie
zur
nationalen Erhebung.

Von

Dr. Johannes Huber,
ordentl. Professer der Philosophie an der Universität München.

Berlin, 1871.

C. G. Lüderitz'sche Verlagsbuchhandlung.
Carl Habel.

Der Philosophie sagt man gewöhnlich nach, sie habe kein Vater=
land. Und allerdings liegt schon in dem Geiste ihrer Betrach=
tungsweise, welche sich nicht auf ein beschränktes und enges Ge=
biet der Geschichte, sondern auf den ganzen Zusammenhang des
großen Lebens der Menschheit erstreckt und zu einer unbefangenen
Würdigung aller Theile derselben auffordert, der Antrieb zu einer
weltbürgerlichen Gesinnung. Eine solche Würdigung lernt
nämlich alsbald auch in den fremden Nationen eine Naturaus=
stattung erkennen, mit welcher sie nützliche und nothwendige Glie=
der im Organismus der Menschheit sind, und zeigt Leistungen
auf, mit welchen sie die allgemeine Entwicklung gefördert und das
Kulturkapital bereichert haben. Von hier aus ist es nicht mehr
möglich, in einen blinden Racenhaß zu verfallen, und müßte die
Austilgung eines Volkes, welches als ein bedeutsamer Förderer
und Träger der Kultur sich in seiner Geschichte erweist, als ein
Unglück für die Menschheit empfunden werden. Höher als die
Nationalität und ihre Interessen stehen dem Philosophen die der
Humanität, und so bedarf sein Patriotismus noch anderer und
tieferer Motive, als den Zufall der natürlichen Abstammung und
die Liebe zum heimathlichen Boden. Sein Patriotismus muß
sich gründen auf die Erkenntniß von der Bedeutung und Mis=
sion, welche sein Volk für die großen Ziele der allgemeinen
Menschheitsentwicklung in der Geschichte hat. Aber indem sich
ihm erweist, daß die Erreichung derselben an die Existenz und die

Arbeit seines Volkes geknüpft ist, ist es die Liebe zur Menschheit selbst, welche seinen Patriotismus entzündet und begründet. Unter solchem Gesichtspunkt sein Volk betrachtend erscheint es ihm als ein Organ des göttlichen Geistes der Geschichte, mit seinem Leben in die ewigen Zwecke desselben aufgenommen, und wird ihm der Patriotismus sogar zu einer religiösen Pflicht. Und erst auf dem Grund dieser Ueberzeugung von der weltgeschichtlichen Bestimmung und von dem einzigen Werthe und damit der Unsterblichkeit der Thaten und Werke des eigenen Volkes entspringt jener Heroismus, in welchem die Person sich selbst vergessend sich ganz an die Sache des Vaterlandes hingibt. Denn wer den Glauben hegen würde, daß die Geschichte nur eine Comödie „Viel Lärmen um Nichts" und der Boden der Welt nur Flugsand sei, in welchen sich keine in die Zukunft Früchte treibenden Saamen einsenken lassen, der dürfte kaum in sich die Kraft aufbringen, sich von den nächsten Interessen seines kleinen Lebens zu befreien. Nur der feste Glaube an die ewige Fortdauer Roms und ihre zuversichtliche Ansicht, in dieser Ewigkeit selber ewig mitfortzuleben im Strome der Zeit, hat, wie Johann Gottlieb Fichte in seinen Reden an die deutsche Nation hervorhebt, die Edlen unter den Römern, deren Gesinnungen und Denkweise noch in ihren Denkmalen unter uns leben und athmen, zu Mühen und Aufopferungen, zum Dulden und Tragen für's Vaterland begeistert. Und dieser Glaube hat sie auch nicht getäuscht; denn bis auf diesen Tag lebt das, was wirklich ewig war in ihrem ewigen Rom, und sie mit demselben in unserer Mitte fort und wird in seinen Folgen fortleben bis an's Ende der Geschichte. —

Von diesem tiefer begründeten Patriotismus nun, welcher ohne Haß und Geringschätzung anderer Nationen doch das Selbstgefühl der eigenen Nationalität erweckt und befestigt, indem er eben das Bewußtsein von ihrer geschichtlichen Aufgabe enthält, waren die großen deutschen Denker mächtig erfüllt; aus ihm heraus haben sie stets an der Ehre, Größe und Wohlfahrt des Vaterlandes gearbeitet und wurden sie in Zeiten der Gefahr treue und unerschrockene Wächter desselben Noch mehr — mit ihrer Einsicht in die Natur und Mission des deutschen Volkes wurden sie für dieses die Erzieher zu patriotischer Gesinnung und haben, indem sie das nationale Selbstbewußtsein aufklärten und vertieften, es auch erst wahrhaft wieder begründen helfen und unüberwindlich gemacht. — Nur auf drei Namen unter ihnen, nämlich auf Leibnitz, Kant und Fichte will ich in dieser Hinsicht die Aufmerksamkeit des Lesers lenken.

Die Zeit nach dem dreißigjährigen Krieg bietet in der deutschen Geschichte ein in jeder Beziehung unerfreuliches Bild dar. Der westfälische Frieden hatte wohl den entsetzlichen Religionskrieg beendigt, aber er ließ Deutschland politisch und kirchlich gespalten, in seinem Wohlstand tief zerrüttet, in seinen Grenzen verkleinert und in seiner Machtstellung geschwächt zurück. Das Reich war nur noch dem Namen nach vorhanden; die Vielheit der Landeshoheiten hatte über die Einheit, das Fürstenthum über das Kaiserthum den Sieg davon getragen. Und in den einzelnen Territorien selbst erhob sich die Selbstherrlichkeit der Fürsten auf Unkosten der Rechte ihrer Unterthanen: ein deutsch-patriotisches Gemeingefühl, ein selbstbewußter Freiheitssinn waren allenthalben erstorben und schienen auf lange hin unmöglich. So war Deutschland vor Allem für die intriguante Politik Frankreichs, wo Ludwig XIV. als absoluter Herr alle Kräfte des Staats für die Aufrichtung seiner Suprematie in Europa mit starker Hand zusammenfaßte, ein günstiges Feld zu Experimenten. Der allerchristlichste König im Westen begegnete sich in seinen Plänen und Interessen mit den alten Feinden der Christenheit und abendländischen Kultur im Osten, den Türken, indem beide auf die noch weitere Schwächung Deutschlands bis zu dessen Untergang speculirten. Doch nicht blos politisch drückte Frankreichs Macht auf Deutschland; dasselbe fing auch an, unser gesammtes Kulturleben geistig zu beherrschen, indem französische Sprache und Literatur, Sitten und Moden in Aufnahme kamen. In dieser jammervollen Zeit richtete der erste große deutsche Philosoph, Gottfried Wilhelm Leibnitz, seine Gedanken auf die Sicherung und Rettung des Reiches. Er war erst ein junger Mann von 22 Jahren, als er bei Gelegenheit der Frage von der polnischen Königswahl (1668/69) seine Stimme literarisch für einen deutschen Prinzen erhob, damit durch ihn Polen mit Deutschland verbunden, zu einer Vormauer des Reichs gegen die russische Barberei gemacht werde und dann an diesem selbst einen starken Rückhalt gegen den Anprall derselben finden möge. Sein Patriotismus war in dieser Frage zugleich von den Interessen der Freiheit und Kultur getragen; denn er sah in Rußland einen Koloß sich erheben, der im Stande ist, ganz Europa zu erdrücken, und machte daher auf die ernstliche Gefahr aufmerksam, welche Deutschland auch von dieser Seite her drohen müßte, wenn Polen an Rußland preisgegeben und auf solche Weise den Barbaren der Weg in's Herz von Europa offen gelassen würde. „Polen und das deutsche Reich," sagt er, „haben völlig die gleichen Interessen; beide sind rein nur auf Vertheidigung bedacht, beide wollen keine Erweiterung, sondern nur ruhigen Besitz des Gegenwärtigen. So sind sie naturgemäß auf ein freundschaftliches Verhältniß zu einander angewiesen, da sie dasselbe zu fürchten und zu wünschen haben. Und eben dies ist zugleich das wahre Interesse von Europa: sie sollen beide sein ein Damm gegen alle Weltreichgelüste, mögen sich solche regen, wo sie wollen." — In den Befürchtungen, welche Leibnitz mit weitaussehendem Blick von dem Schicksal Polens für Deutschland hegte, hat er sich, wie der Gang der spätern Geschichte zeigte, auch keineswegs ganz getäuscht; das Interesse Preußens an dem Raube Polens hat nicht nur dessen Waffenbrüderschaft mit Oesterreich gegen die französische Republik gelöst und den schmählichen Frieden von Basel am 7. Mai 1795 mit dem Verluste des linken Rheinufers nach sich gezogen, es kämpften in weiterer Folge davon nicht nur die beiden deutschen Mächte isolirt von einander unglücklich gegen Napoleon und mußten die französische Herrschaft über Deutschland ergehen lassen, sondern auch nach der Ueberwältigung desselben waren sie durch die Theilung Polens zu den Verbündeten der freiheitsfeindlichen Politik Rußlands geworden und hielten mit ihm und unter seinem Einfluß die Freiheitsbestrebungen der Völker zurück. — Aber die nächsten Gefahren drohten Deutschland von Ludwig XIV., welcher im Jahre 1670 Lothringen, dessen Herzog mit Holland gegen ihn im Bunde stand, ohne Rücksicht auf Kaiser und Reich in Besitz genommen hatte. Angesichts eines Krieges gegen Frankreich wollte Leibnitz nicht, daß wir unser Vertrauen auf auswärtige Mächte setzten, sondern daß wir uns selbst zu helfen suchten. Zu diesem Zwecke drang er auf eine engere Allianz zwischen den zumeist bedrohten Staaten und jenen Reichsständen, welche sich anderer annehmen wollten, und nicht blos das Heil Deutschlands knüpfte er an dessen Einigung, sondern den Frieden und die Wohlfahrt Europa's glaubte er davon bedingt.

Doch seine Vorschläge fanden keine Ausführung; darum suchte er nach anderen Wegen, um die Gefahren für das Reich zu beschwören; er legte nämlich Ludwig XIV. das Project vor, eine Expedition nach Aegypten auszurüsten und von dort aus die Türken zu bekriegen. Ludwig würde, wenn seine Kriegslust dieses Ziel sich setzte, nicht nur Europa beruhigen, sondern seine Siege wären auch im Interesse der Christenheit und Kultur. Frankreich aber könnte durch den Besitz Aegyptens den Welthandel vor allem in seine Hand bringen. —

Hätte Ludwig XIV. auf einen solchen Plan eingehen wollen, so wäre das Reich mit einem Schlage von seinen zwei mächtigsten Feinden befreit gewesen, indem dann Frankreich und die Pforte statt gemeinsam gegen Deutschland, nun gegeneinander ihre Waffen getragen hätten. Aber der Krieg gegen Holland brachte Ludwig auch in Verwicklungen mit Deutschland und er richtete nun sein Eroberungsgelüsten mit Erfolg gegen dasselbe. Bei dieser so traurigen Wendung der Dinge hielt Leibnitz nicht zurück, die deutschen Fürsten zu festem Zusammenhalten mit dem Kaiser und zum nachdrücklichsten Widerstand gegen den gemeinsamen Reichsfeind aufzurufen. Und schneidig traf er dabei mit seinen Mahn- und Strafworten die Franzosenfreunde unter den Deutschen, welche an der Sache des Reichs Verrath spannen und etwa gar aus Gründen der Confession den Absichten Ludwigs Vorschub leisten zu müssen glaubten. Besonders tief aber wurde Leibnitz durch den räuberischen Handstreich berührt, wodurch Straßburg vom Reiche abgerissen und mit Frankreich vereinigt wurde. Seinem patriotischen Schmerz und seiner Indignation über die schmachvolle Haltung der Stadt und die nicht minder schmachvolle Haltung des Reichs gab er in folgenden Distichen Ausdruck:

Deutschland an Straßburg:

Schandfleck, welchen der Rhein mit all' seinen Wogen nicht abwäscht,
Daß Du schweigend verdirbst, daß Du das Reich mit verderbst.

Straßburg an Deutschland:

Schandfleck, welchen der Rhein mit all' seinen Wogen nicht abwäscht,
Daß daliegen im Schlaf allzumal Kaiser und Reich.

Im Jahre 1683, wo Ludwig XIV. sich mit den bis vor die Thore Wien's dringenden Türken in Beziehung setzte, schrieb Leibniß eine politische Satyre gegen denselben, betitelt: „Mars christianissimus", in welcher er einerseits die mit allen Rechten spielende, ränkevolle, aber doch immer in den Mantel der Civilisation sich hüllende Eroberungssucht des allerchristlichsten Königs, anderseits wieder die Franzosenfreunde unter den Deutschen, namentlich diejenigen, welche den Anschluß an das katholische Frankreich als eine Religionspflicht hinstellten, geißelte.

Und wie bisher, so finden wir Leibnitz auch bei allen folgenden Ereignissen stets auf der Warte stehend, um mit seinem Wächterruf vor Frankreichs Bedrohungen und Uebergriffen zu warnen. Fort und fort dringt er auf die Einheit der Nation und unermüdet sucht er eine europäische Coalition gegen Ludwig XIV. zu betreiben. „Frankreich", sagt er, „ist der Feind aller, gegen den man überall Sturm läuten sollte." Seine Sorge für Deutschland führt ihn zum Studium der Kriegskunst und läßt ihn sogar Kriegspläne entwerfen. Im Jahre 1688 gibt er eine Schrift heraus, worin er eine Wehrverfassung für Deutschland anräth, mit welcher dasselbe sich in kürzester Zeit in Kriegsverfassung versetzen könne. „Es ist Zeit", ruft er aus, „aufzuwachen; aber es ist ein Donnerschlag nöthig, die Deutschen munter zu machen. Das kann unsere letzte Niederlage wirken. Der Himmel hat noch kein Edikt für Frankreich ausgehen lassen. Gott ist für die, so sich der von ihm gegebenen Vernunft und Mittel bedienen, für die besten Regimenter und für die guten Rathschläge."

Als im Frieden zu Ryswick (1697) Deutschland wieder am schlechtesten wegkam, indem es Straßburg und die Reunionen im Elsaß in der Hand Frankreichs lassen mußte, da sprach sich Leibnitz mit Entschiedenheit gegen denselben aus: „Jedermann in der Welt und Christenheit," sagt er, „wünscht den Frieden sehnlich, aber nur einen solchen, der wahrhaft und dauerhaft ist, der Frankreich an spätern Einbrüchen verhindern kann. Damit dieser jetzige also beschaffen sein möge, ist es nöthig, daß die alten Grenzen wieder festgesetzt werden, damit, wenn Frankreich Lust hat zu brechen, es überall solche Vormauern finde, welche die Macht seiner Waffen aufhalten können, dies ist die einzige Sicherheit; denn wenn es dabei so viel zu wagen hat, als die Angegriffenen, so ist gewiß, daß es sich mehr zurückhalten wird. Das einzige Mittel, ein gutes Einvernehmen zwischen beiden Nationen herzustellen, ist, alles Geraubte, insonderheit also Straßburg und Luxemburg, zurückzugeben und das deutsche Reich vor ferneren Einfällen sicher zu stellen."

Im spanischen Erbfolgekrieg (1701 — 1714) stand Leibnitz ganz für die Sache Oesterreichs ein. Er schrieb im Jahre 1704 ein Manifest für Karl III. und rief Schweden, Venedig, Holland und England zur Allianz mit dem Kaiser auf. Die Friedensabmachungen von Utrecht, Rastadt und Baden (1713—1714), worin schließlich Ludwig XIV. für seinen Enkel Philipp von Anjou die Krone Spaniens und Indiens (Amerika) gewann, hatten durchaus seinen Beifall nicht. Die deutsch-patriotische Thätigkeit Leibnitz's war jedoch nicht blos nach Außen, auf die Abwehr der Feinde des Reichs, sondern auch nach Innen gerichtet. Fort und fort führt er dem deutschen Volke zu Gemüth, wie es mit seinem Sondergeist der Zwietracht und Uneinigkeit sich gegen Gott und Vernunft, gegen sein eigenes Wohl und seine Nachbarn versündige. „Deutschland ist die Mitte von Europa," sagt er, „Deutschland ist ehedem allen seinen Nachbarn ein Schrecken gewesen, jetzt sind durch seine Uneinigkeit Frankreich und Spanien formidabel geworden, Holland und Schweden gewachsen. Deutschland ist das pomum Eridos ¹), wie anfangs Griechenland, nachher Italien. Deutschland ist der Ball, den diejenigen einander zugeworfen, welche um die Monarchie gespielt. Deutschland ist der Kampfplatz, darauf man um die Meisterschaft von Europa gefochten. Kurz, Deutschland wird nicht aufhören, seines und fremden Blutvergießens Materie zu sein, bis es aufgewacht sich recolligirt ²), sich vereinigt und allen Procis ³) die Hoffnung, es zu gewinnen, abgeschnitten." Sein eifrigstes Bestreben ging demnach auf die Begründung der Einheit des Reichs und vor allem um dieses Zweckes willen arbeitete er an der Union der verschiedenen Bekenntnisse der protestantischen Kirche und ebenso an der Versöhnung zwischen dieser und dem Katholizismus. Er dachte an eine deutsche Nationalkirche, die aber, weil sie auf die Wissenschaft gebaut werden sollte, sich nach seiner Meinung wohl zur Weltkirche erweitern würde, und entwarf in seinen theologischen Schriften auch die Grundzüge zu einer solchen. Für diese Kirche, in welcher Deutschland wieder einmüthig religiös empfinden sollte, hoffte er Alles von einem neuen großen Kaiser: „Sollte nicht nach Carl und Otto dem Großen ein dritter großer Kaiser aus dem zur Aufklärung der Völker berufenen Deutschland erstehen können, der Rom wieder katholisch und apostolisch machte? Wenn zwei oder drei mächtige Könige das Unternehmen desselben unterstützten, so ist, glaube ich, die Sache geschehen. Verscheucht ist die Finsterniß der Welt durch das Licht der Wissenschaften und der Geschichte, und wie nothwendig diese Reform sei, wird von den meisten durch Gelehrsamkeit und Erfahrung hervorragenden Katholiken selbst mehr verschwiegen, als abgeläugnet; aber sie wird kommen, gewiß sie wird kommen, die Zeit, wo die segensreiche Wahrheit überall sich wird äußern dürfen."

Leibnitz war noch ganz erfüllt von der mittelalterlichen Kaiser-Idee, als des obersten weltlichen Schutz- und Richteramts in der christlichen Völkerrepublik, und darum befreundete er sich auch mit der Institution des Papstthums, welches in dem allgemeinen Bund, in der heiligen Allianz der christlichen Völker die oberste Leitung der geistlich-religiösen Angelegenheiten besitzen sollte. Von einer solchen Wiederaufrichtung des deutschen Kaiserthums und der theokratischen Ordnung in der christlichen Gesellschaft erwartete er dann die Verwirklichung des Ideals vom ewigen Frieden. „Es versteht sich," sagt er, „daß auch der Anspruch des Kaisers in weltlichen Dingen auf die ganze Erde geht. Im Beruf eines Kaisers liegt es, die Menschheit zur wahren Glückseligkeit zu führen; so ist das Haupt von Europa zugleich das der ganzen Menschheit." „Ich weiß nicht", fährt er an einer anderen Stelle fort, „ob nicht auch die weltlichen Kronen der allgemeinen Kirche untergeben sein müssen, nicht um ihren Glanz zu mindern oder den Fürsten die Hände zu binden, sondern um unruhige, gesetzlose Menschen, die in ihrem Privatehrgeiz Ströme unschuldigen Blutes opfern, besser in Zucht zu halten, in einer Zucht, welche in der allgemeinen Kirche, d. h.

im heiligen Reich und seinen Häuptern, dem Kaiser und Papst, niedergelegt sein muß. Gäbe es eine beständige Kirchenversammlung oder einen von ihr bestellten gemeinsamen christlichen Senat, so würde, was jetzt durch Bündnisse, Vermittlungen und Garantien geschieht, in Namen und Vollmacht des Ganzen von Kaiser und Papst viel wirksamer, als jetzt, durch freundliche Auseinandersetzung abgemacht. Jetzt placken wir uns oft um eine Handvoll Erde und vergießen Ströme Christenbluts, um wieviel besser, wenn wir innerlich als Christi Volk im Frieden lebten und unsere Waffen gemeinsam gegen Ungläubige und Barbaren wendeten, die uns allzeit bedrohen. Der Kaiser als Advokat der Kirche ist auch der geborne General und Heerführer gegen ihre Feinde, wie einst Friedrich Barbarossa und Andere es waren. Freilich sind die Kreuzzüge schon lang „aus der Mode gekommen"; wollte Gott, es wäre das nicht der Fall. Und nicht blos die Abwehr der gemeinsamen Feinde könnte viel besser geschehen, auch Glauben, Bildung, Sitte, kurz gesagt, das Reich Christi würde mehr und mehr verbreitet."

Die Idee von einem die Welt beherrschenden und ordnenden deutschen Kaiserthum schien für Leibnitz auch den Ausweg darzubieten, die Souveränitätsansprüche der deutschen Fürsten mit der Oberhoheit des Kaisers zu vermitteln, weil dann jene zum Kaiser ungefähr in dieselbe Stellung treten würden, als wie die außerdeutschen Souveräne.

Nichts hat Leibnitz versäumt, um das deutsche Selbstgefühl zu heben; denn auf die geistige Kraft der Nation setzte er die höchsten Hoffnungen: „Nur des ernsten Wollens und der Sammlung ihrer innern Kräfte bedürfe es, auf daß die edlen Germanen mit einem Wurfe allen Fleiß der Ausländer besiegen." Mit Widerwillen sah er, wie seine Landsleute die Franzosen in Kleidern und Sitten, in Sprache und Haushalt nachäfften, und eine besondere Angelegenheit war es ihm, gegen die Versetzung der deutschen Sprache mit dem französischen Idiom zu eifern. An eine neu aufblühende deutsche Poesie knüpfte er die Erwartung, daß sie die deutsche Sprache wieder zu Ehren bringen werde.

Von einer tiefen Verehrung gegen die christliche Religion durchdrungen, vorurtheilsfrei und anerkennend selbst in seinem Urtheil über die katholische Kirche, war er doch ein entschiedener Gegner des Ultramontanismus, von dessen Tendenzen er die Sache des Vaterlandes gefährdet glaubte. Die Jesuiten in Wien, welche Kaiser Leopold politisch beriethen, erklärte er geradezu für reichsgefährlich, weil sie mit ihren Rathschlägen eigentlich nur im Interesse Frankreichs arbeiteten, und prophezeite dem österreichischen Kaiserhaus, daß es durch die Jesuiten noch zu Grunde gerichtet werden würde. — Zahlreich sind die Projekte, mit welchen Leibnitz auf allen Gebieten des nationalen Lebens fördernd eingreifen wollte; 47 Jahre lang ist er im Interesse Deutschlands als Agitator, Diplomat und Staatsmann unermüdet thätig. Sein Patriotismus aber war ihm einerseits von dem Geiste seiner Weltanschauung, anderseits durch die Einsicht in das Wesen und den Beruf der deutschen Nation eingegeben. Nach jener erschien ihm nämlich das natürliche wie moralische Universum als ein großes harmonisches Reich, in welchem jedes Glied für den Reichthum und das Glück des Ganzen nothwendig und darum in seiner Eigenthümlichkeit berechtigt ist. Durch die letztere aber erkannte er sein Volk als ein eminentes Glied in der großen Menschheitsfamilie. „Es ist gewiß", sagt er, „daß nächst der Ehre Gottes einem jeden tugendhaften Menschen die Wohlfahrt seines Vaterlandes billig am meisten zu Gemüth gehen solle. Ist aber irgend ein Mensch seinem Vaterlande verpflichtet, so sind wir es, die das werthe Deutschland bewohnen. Gott hat den Deutschen Stärke und Muth gegeben und es regt sich ein edles Blut in ihren Adern. Ihre Aufrichtigkeit ist ungefärbt und ihr Herz und Mund stimmen zusammen." — Indem Leibnitz Deutschland als den Schwerpunkt in dem politischen System Europa's betrachtet, ist er davon überzeugt, daß die Machtstellung desselben nur zum Frieden und Glück des letzteren beitragen könne. „Ist Deutschland erst einmal durch innerliche Neubildung wieder gestärkt und unüberwindlich gemacht, „führt er aus“, ist allen Freiern die Hoffnung, es zu gewinnen, gründlich abgeschnitten, so wird sich auch die Bellicosität [4]) des Nachbarn nach eines Stromes Art, der wider einen Berg trifft, auf eine andere Seite wenden, und so wird der Kaiser als Advokat der allgemeinen Kirche ohne Schwertstreich die Schwerter in der Scheide erhalten. Gewißlich, wer sein Gemüth etwas höher schwingt und mit einem Blick gleichsam den Zustand von ganz Europa durchgeht, wird mir Beifall geben“ [5]).

Immanuel Kant's Leben ist zwar nicht durch eine öffentliche Wirksamkeit auf der großen politischen Weltbühne bezeichnet, aber von seiner Lehrkanzel aus und durch seine Werke ist er der Erzieher der deutschen Nation geworden und hat ihr den Sinn selbständiger Kritik und tiefgehender Forschung, den Geist der Pflicht und einer freien politischen Denkart und für die Zeiten schwerster Bedrängniß die Kraft der moralischen Erhebung eingehaucht. Seine Schriften sind von monumentaler Art und bilden neben den Werken der großen Dichter, deren Literatur zum Theil in seine Zeit fällt, nicht blos einen bleibenden Schatz unseres Volkes, sondern die ideale Wiederbegründung der deutschen Nation; denn erst, nachdem der deutsche Geist seine Tiefe und seinen Reichthum in solchen Schöpfungen geoffenbart hatte, lernte an ihnen die Nation ihr eigenes Wesen erkennen und verehren und gewann wieder das ihr seit so langer Zeit abhanden gekommene Selbstgefühl, auf dessen Grunde dann jener patriotische Idealismus erstehen konnte, welchem Deutschland seine politische Befreiung und innere Verjüngung verdankte.

Kant, welcher von der menschlichen Persönlichkeit höher dachte, als daß er sie nur für ein mechanisches Spiel blinder Naturkräfte hätte nehmen können, war lebenslang ein Gegner der Ideen, welche zu seiner Zeit in der philosophischen Literatur und in den höheren Kreisen der Gesellschaft von Frankreich herrschten: mit ächtdeutschem Tiefsinn kämpfte er gegen die Läugnung des Geistes und aus dem sittlichen Ernste seiner Natur gegen die selbstsüchtige Lustlehre des Materialismus. Er bildete eine Sittenlehre aus, durch welche die Selbstsucht mit der Wurzel ausgetilgt werden sollte, indem er jenen Willen als den eminent guten charakterisirte, welcher die Pflicht gegen die Neigung und also mit innerem Kampf erfüllt. „Nur der pflichtmäßige Wille ist gut und der ist pflichtgemäß, der die Pflicht thut um der Pflicht willen, das Gesetz erfüllt aus Achtung vor dem Gesetz. Nur ein solcher Wille ist gut, dessen Handlung und Gesinnung pflichtmäßig sind, dessen Gesetz und Maxime allein die Pflicht ausmacht." — Der oberste Grundsatz von Kant's Sittenlehre brachte nur die Freiheit und Würde der menschlichen Persönlichkeit in eine praktische Forderung. „Handle so", heißt dieser Grundsatz, „daß Du die Menschheit sowohl in Deiner Person als in der Person eines jeden andern jederzeit zugleich als Zweck, niemals blos als Mittel brauchst". Und als eine Consequenz dieser Formel erscheinen Kant's freie politische Ueberzeugungen; denn wer so groß von der einzelnen Persönlichkeit denkt, der wird auch in der Volkspersönlichkeit das Recht der Selbstbestimmung erkennen und achten. So sprach Kant von angebornen Rechten des Menschen, erfaßt das wahre Recht als die Freiheitsordnung und meint, daß Gesetze nur dann niemals Unrecht thun können, wenn sie von Allen gewollt sind, wenn die gesetzgebende Gewalt den Willen des ganzen Volkes in sich vereinigt. Die Idee des Staats erscheint ihm demnach als die eines Vertrags Aller mit Allen und er sagt: „Was ein Volk nicht über sich selbst beschließen kann, das darf auch der Souverän nicht über ein Volk beschließen." — Die Aufgabe des Staats ist ihm die Verwirklichung der Freiheit oder die Gerechtigkeit, welche wieder nichts anders als die Herrschaft des vom Volk gewollten Gesetzes ist. Wenn die Gerechtigkeit nicht gilt, so hat — nach

Kant — das Leben keinen Werth mehr. Eine Forderung der öffentlichen Gerechtigkeit nennt er es, daß Niemand von der Möglichkeit ausgeschlossen sei, active Rechte im Staat oder bürgerliche Freiheit zu erwerben und politisch selbständig zu werden. In der gesetzgebenden Gewalt sollen alle Staatsbürger repräsentirt, vor dem Gesetze sollen sie alle gleich sein. — Die einzige politische Bürgschaft für die unbedingte Herrschaft der Gesetze, für die öffentliche Gerechtigkeit und Freiheit, findet er in der Trennung der Staatsgewalten; denn wäre der Regent zugleich der Gesetzgeber, so könnte er thun, was er wollte. Darum darf der Gesetzgeber nicht der Regent, der Regent nicht der Gesetzgeber und keiner von Beiden der Richter sein. Nur in einer repräsentativen Verfassung, wo die Gesetzgebung beim Volk, die Regierung beim Monarchen ist und die Unabhängigkeit des Richterstandes besteht, ist ihm der Rechtsstaat wirklich.

Die Zeit, in welche Kant's Leben fiel, war eine große, sturmbewegte; sie konnte an einem so umfassenden Geist, welchen die Geschicke der Welt und der eigenen Nation, sowie der Fortschritt der Kultur und Freiheit wie eine persönliche Angelegenheit berührten, nicht gleichgiltig vorüberziehen. Er erlebte den für Preußen so glorreichen siebenjährigen Krieg, in welchem an Friedrichs des Großen Feldherrntalent und der Tapferkeit seines Volkes die Kraft einer europäischen Coalition zersplitterte; er erlebte den Freiheitskampf Nordamerika's und alle seine Sympathien waren mit ihm; er war endlich Zeuge von der französischen Revolution und ihre erste Phase, in welcher er nur das Unternehmen sah, den feudalen Staat in den Rechtsstaat überzuführen, hatte seinen vollen Beifall. Obwohl er die Revolution selbst als einen Act der Gewalt nicht billigte, vertrat er doch die Rechtsidee, welche der Revolution anfänglich zu Grunde lag, und würdigte das welthistorische Ereigniß nach seiner folgenreichen Bedeutung für die Menschheit. Aber der weitere Fortgang derselben, in welchem der Despotismus des Pöbels und die Anarchie ihre Orgien feierten, erfüllten ihn mit Abscheu und Entsetzen, und die Hinrichtung Ludwigs XVI., die ihm geradezu als Mord galt, erklärte er für das größte, unsühnbare Verbrechen. Er fordert den politischen Fortschritt auf dem Wege der Reform, er glaubt in der Publicität, dem Rechte der freien Meinungsäußerung durch die Presse, das legitime Mittel gegeben, auf dieselbe hinzuwirken, und er billigt zunächst nur den passiven Widerstand von Seiten der gesetzgebenden Gewalt gegen die ungerecht regierende, d. h. die Verweigerung der Mittel, mit welchen die Regierung fortgeführt werden kann. Doch da der eigentliche Herrscher das Gesetz und demnach das gesetzgebende Volk ist, welchem der Regent sich verpflichtet, so kann im äußersten Fall die gesetzgebende Gewalt ihm seine Macht nehmen, ihn absetzen, seine Verwaltung reformiren, doch ihn nicht persönlich strafen.

Kant's politisches Denken reichte weit über den Horizont der Nationalität hinaus, es ging auf die Gesammtziele der Menschheit, auf die Herstellung eines allgemeinen Völkerbundes, in welchem der Krieg unmöglich gemacht und der ewige Frieden verwirklicht sein würde. Die Idee des ewigen Friedens betrachtet er als die größte politische Aufgabe der Menschheit, da erst mit ihrer Lösung die Gerechtigkeit zur Herrschaft auf Erden käme. Der Friede überhaupt erschien Kant als der rechtmäßige und zugleich menschliche Zustand und so konnte ihm der Krieg niemals als Zweck, sondern nur als ein Mittel gelten, den Völkerfrieden auf neuen Grundlagen dauernd herzustellen. Er forderte daher auch, daß der Krieg so geführt werden möge, daß er einen künftigen dauerhaften Frieden nicht ausschließt, und verwarf jeden Vernichtungskrieg. Nur der Vertheidigungskrieg, der Krieg um der Gefährdung des Staats willen, galt ihm für rechtmäßig begründet und hatte seinen Beifall. Die stärksten Veranlassungen zum Krieg fand er in den stehenden Heeren und in der Zerrüttung der Finanzen. Die ersteren, welche nur den beständigen Kriegszustand darstellen, sind eine nach Außen bedrohliche Macht, nach Innen aber eine ungeheure, die Staatsschulden vermehrende Last, welche zu erleichtern selbst der Krieg als nothwendig erscheinen kann. Um das Uebel in der Wurzel zu tilgen, will Kant die Volkswehr eingeführt wissen; die ganze waffenfähige Nation soll für die Vertheidigung des Vaterlandes militärisch gebildet und geübt werden. Den ewigen Frieden aber hält er nur dann für möglich und gesichert, wenn alle Völker die von ihm angedeutete repräsentative Verfassung besitzen und eine große Vereinigung bilden, in welcher die auftauchenden Conflicte nach den Grundsätzen der Gerechtigkeit geschlichtet werden. — Und fest ist Kant davon überzeugt, daß die Bewegung der Weltgeschichte schließlich bei einem solchen Ziele, bei der Verwirklichung des Rechtsstaats in jedem Volk und bei der Verwirklichung eines allgemeinen, durch die Macht der vereinigten Völker selbst gestützten und gesicherten Völkerrechts und Völkerfriedens anlangen werde. Die Weltgeschichte ist nach ihm nichts anders als eine gesetzmäßige Reihe von Begebenheiten, in denen sich die menschliche Freiheit entwickelt. Ihr Zielpunkt ist die im Menschenleben entwickelte oder verwirklichte Freiheit, die in der staatsbürgerlichen und völkerrechtlichen Sphäre durchgeführte Gerechtigkeit.

Gerade die Thatsache der französischen Revolution und der Enthusiasmus, mit dem sie anfänglich von allen Seiten her, als das Unternehmen den Rechtsstaat zu gründen, begrüßt wurde, waren für Kant der sichere Beweis, daß sich die Bewegung der Weltgeschichte ihrem politischen Ziele unaufhaltsam nähere. „Diese Begebenheit" (der französischen Revolution), sagte er, „ist das Phänomen nicht einer Revolution, sondern der Evolution einer naturrechtlichen Verfassung. Ein solches Phänomen in der Menschengeschichte vergißt sich nicht mehr". Und er hatte Recht, die Ideen der bürgerlichen Freiheit und der Gleichheit vor dem Gesetze, nach welchen die Constituante ihr Werk vollendete, haben bis auf diese Stunde dem politischen Leben der meisten Culturvölker die Richtung gegeben. Die ganze Verfassungsbewegung seit 1812 in Spanien und Italien, Deutschland, Belgien, ja selbst Central- und Südamerika fußt auf der weltgeschichtlichen Verfassungsurkunde vom Jahre 1791; kaum ein bedeutender Satz in der politischen Entwicklung der letzten Jahrzehnte ist zu nennen, der hierin nicht enthalten wäre; aus den Bahnen, die sie vorgezeichnet hat, ist die Welt bis heute noch nicht heraus getreten und über die Forderungen, die sie den Völkern vorlegt, ist man noch nicht hinaus gekommen [6]). Die Revolution machte, wie Kant richtig voraussah, die Reise um die Welt.

Eine Grundbedingung aber für allen künftigen Fortschritt erkannte Kant in der Gedankenfreiheit, deren Aeußerung Friedrich der Große in Preußen gestattet hatte, weil dadurch der Aufklärung die Quelle eröffnet sei.

Seine freien politischen wie kirchlichen Anschauungen setzten Kant dem Verdachte aus, dem Umsturz zu huldigen. Ja einige der Ankläger suchten in ihm geradezu den Urheber der französischen Revolution, so daß Professor Reuß in Würzburg im Jahre 1792 ihn allen Ernstes gegen diesen Vorwurf vertheidigen zu müssen glaubte. Die kirchliche Reaction in Preußen unter dem Ministerium Wöllner richtete alsbald ihre Pfeile gegen Kant, indem ihm die Vorlesungen über Religionsphilosophie verboten und alle übrigen Lehrer an der Universität Königsberg durch Namensschrift verpflichtet wurden, nicht über Kant'sche Religionsphilosophie zu lesen.

Die Kant'sche Philosophie breitete sich bekanntlich bald auf den deutschen Universitäten aus und sie war es, welche jenes sittlich-ernste und mannhafte politisch-freisinnige Geschlecht erzog, welchem Deutschland und vor allem Preußen seine Befreiung von der Fremdherrschaft und seine geistige Wiedergeburt verdankte. Die schönsten Blüthen der Schiller'schen Poesie athmen den Geist Kant's; die Führer und Helden der Befreiungskriege, Gneisenau und Scharnhorst, haben aus ihm die Kraft der Erhebung in schlimmen Tagen gewonnen; hochbegabte Staatsmänner, wie Wilhelm von Humboldt und Heinrich von Schön, waren von seinen Ideen erfüllt und getragen. Von dem Freiherrn von Stein ist es bekannt, daß er kein Freund der Philosophie war, aber ohne daß er es selbst wußte, führte ihn doch der Geist des großen Philosophen. Sein naher Vertrauter nämlich, der eben genannte Herr von Schön, der spätere Oberpräsident von Preußen, war sein ganzes Leben hindurch ein eifriger Anhänger Kant's. Schön hatte während der Zeit der Erniedrigung des preußischen Staats sich durch Freisinnigkeit und Muth hervorgethan und so zog ihn der Minister v. Stein an sich und gebrauchte ihn viel, da Schön besonders viel gewandter und leichter mit der Feder arbeitete als Stein. Die Projecte und Berichte, die unter Stein's Namen gingen, sind meist von Schön entworfen, und so wurde von ihm auch Stein's politisches Testament verfaßt, welches derselbe nach seiner von Napoleon geforderten Entlassung am 24. November 1808 veröffentlichte und worin eine nur von der höchsten Gewalt ausgehende Regierung, die Beseitigung der Rechte der Erbunterthänigkeit, die Berufung einer allgemeinen Volksvertretung, eine natürlichere und innigere Stellung des Adels zum übrigen Volk, die allgemeine Wehrpflicht, die Neubelebung des religiösen Sinns, die Entwicklung jeder Geisteskraft von Innen heraus durch eine auf die innere Natur des Menschen gegründete Erziehungsweise und die Anregung jedes edlen Lebensprincips mit Vermeidung aller nur einseitigen Bildung als die wichtigsten Grundsätze für die Zukunft aufgestellt waren. Schön erklärte, daß ihn nur die Kant'sche Philosophie bei diesem Entwurfe für die staatliche Erneuerung Preußens geleitet habe.

Darum ist es vollständig wahr, was C. von Baer sagt: „Keine Wissenschaft scheint dem Weltmann weniger auf den Staat einzuwirken, als die Philosophie, und doch hat das strengste aller Systeme den preußischen Staat nicht nur gerettet, sondern ihm ein Gewicht auf der Weltbühne gegeben, auf welches er nach seiner Ausdehnung nicht Anspruch machen konnte." „Durch Ent-

wicklung der geistigen Kraft soll man das physische Uebel besie=
gen", lehrte Kant, und begeisterte Schüler von ihm waren es,
welche im tiefsten Unglücke des preußischen Staates, als man auf
der Grenzmarke desselben, in Memel, sich über seine Erhebung
berieth, von jener Lehre ausgehend den Grundsatz aufstellten:
"Was der Staat an physischer Kraft verloren hat, muß er su=
chen durch Entwicklung der geistigen Kräfte, die im Volke liegen,
zu gewinnen." Dieser Grundsatz, einmal von der Regierung
förmlich angenommen, war die Basis, von welcher aus alle spä=
teren Verbesserungen in der Verwaltung, in der Bewaffnung und
im Unterrichtswesen ausgingen" [7]).

Doch Kant hatte noch einen andern Schüler, Johann
Gottlieb Fichte [8]), welcher seine Philosophie als ein Evange=
lium und Heilmittel gegen die Verderbniß der Zeit hinnahm, sie
wie ein Missionär predigte und mit ihr ein Erzieher seiner Na=
tion zu werden hoffte. So wurde sein Katheder zur Kanzel und
zur Tribüne, da von ihr zugleich religiöse Weihe und sittliche
Kraft, politischer Freimuth und patriotische Gesinnung ausgingen.
Bei Fichte drängte die philosophische Idee zur That, zur Philo=
sophenseele hatte sich in ihm, wie sein neuester Biograph richtig
bemerkt, eine Kriegerseele gesellt. "Sein Geist ist ein unruhiger
Geist", sagt Jean Paul von ihm, "er dürstet nach Gelegen=
heit, viel in der Welt zu handeln. Sein öffentlicher Vortrag
rauscht dahin wie ein Gewitter, das sich seines Feuers in einzel=
nen Schlägen entladet; er erhebt die Seele, er will nicht blos
gute, sondern große Menschen machen; sein Auge ist strafend,
sein Gang trotzig, er will durch seine Philosophie den Geist des
Zeitalters leiten."

Auch Fichte wurde von der französischen Revolution mächtig
bewegt und angezogen; auch er begrüßte sie als die Morgenröthe
eines neuen Tages der Geschichte und verlor über ihrer Ausar=
tung die Achtung vor ihren ursprünglichen Ideen nicht, vielmehr
blieb er lebenslang von ihnen erfüllt. Als, wie im übrigen Eu=

ropa, so namentlich auch in Deutschland von Seite der Regierun=
gen eine Reaction gegen diese Ideen um sich griff, als man ins=
besondere die Denkfreiheit als eine Ursache der freieren politischen
Lebensregung der Nationen zu fürchten und zu unterdrücken be=
gann, da nahm Fichte in seiner 1793 anonym erschienenen Schrift:
„Zurückforderung der Denkfreiheit von den Fürsten Europa's"
die Sache derselben, schon deshalb, weil mit der freien Forschung
auch der Lebensnerv der Philosophie abgeschnitten worden wäre.
Fichte erklärt die Denkfreiheit für ein unveräußerliches Recht des
Menschen, da sie wie das Denken selbst zu seinem Wesen gehört
und die unumgängliche Bedingung für seine geistige Entwicklung
ist. Die Wahrheit ist nicht ohne Untersuchung, jede Untersuchung
ist aber dem Irrthum ausgesetzt; wer darum die Wahrheit nur
unter der Einschränkung erlaubt, daß kein Irrthum unterlaufe, der
verbietet sie selbst. Auch nicht aus dem Grunde, daß sie mit der
Glückseligkeit streite, dürfen die Fürsten die Denkfreiheit beein=
trächtigen, denn die Pflicht des Regenten ist, nur für die Gerech=
tigkeit, nicht für unsere Glückseligkeit zu sorgen. „Nein, Fürst",
ruft Fichte aus, „du bist nicht unser Gott. Von ihm erwarten
wir Glückseligkeit, von dir die Beschützung unserer Rechte. Gü=
tig sollst du nicht gegen uns sein; du sollst gerecht sein."
Und im Affect und mit dem Pathos des Tribunen mahnt er die
Völker: „Nein, ihr Völker, alles, alles gebt hin, nur nicht die
Denkfreiheit . . . nur dieses vom Himmel stammende Palladium
der Menschheit, dieses Unterpfand, daß ihr noch ein anderes Loos
bevorstehe, als dulden, tragen und zerknirscht werden — nur die=
ses behauptet. Die künftigen Generationen möchten schrecklich
von Euch zurückfordern, was euch zur Ueberlieferung an sie von
euren Vätern übergeben wurde." — In den „Beiträgen zur Be=
richtigung der Urtheile des Publikums über die französische Re=
volution" (1793 anonym herausgegeben) vertheidigte Fichte das
Recht der Abänderung einer Staatsverfassung, das Recht der Re=
volution. Er verwirft überhaupt die Begründung des Rechtes

aus der Geschichte, wonach eben alles das Recht sein müßte, was einmal als Gesetz gegolten und sich als solches bis auf uns ver= erbt hat. Die Geschichte, sagt er, lehrt, was geschehen ist; das Rechtsgesetz sagt, was geschehen soll. Daher kann die Geschichte nicht über die Rechtmäßigkeit einer Thatsache entschei= den und darf die Rechtmäßigkeit der französischen Revolution nicht nach den Rechtszuständen früherer Zeitalter beurtheilt wer= den. Das Recht der Abänderung ist nur das unveräußerliche Recht des unendlichen Fortschritts, welches die größten Wohlthä= ter der Menschheit vertreten haben. Der Zweck der Menschheit ist, sich zur Freiheit selbstthätig zu bilden, und so muß jede Staatsverfassung, die diesem Zweck widerstrebt, wie namentlich die unumschränkte Monarchie, welche ohnedies mit der Denkfrei= heit unverträglich ist, abgeändert werden.

Fichte legt sich im Verlaufe seiner Untersuchungen noch die Frage vor, ob vielleicht für die durch die Revolution verletzten Privilegien des Adels und der Kirche eine Entschädigung gefor= dert werden könne, und er kommt zu dem Schlusse, daß dafür kein Rechtsgrund bestehe. Von der Kirche bemerkt er, daß sie im Gegensatz zur Rechtsgemeinschaft des Staates eine Glaubens= genossenschaft darstelle und alle gesetzgebende Gewalt in ihr sich nur auf das Innere des Menschen, der sich frei derselben ge= genüber bestimme, beziehen und sie darum keinen physischen Zwang und keine physische Strafgewalt ausüben könne. Der Staat hat die Pflicht, die Freiheit des Gewissens zu wahren, und daher jeden Bürger gegen die Angriffe der gewaltthätigen Kirche zu schützen. „Jeder Ungläubige“, sagt Fichte, „welchen bei fortdauerndem Unglauben die heilige Inquisition hingerichtet hat, ist gemordet, und die heilige apostolische Kirche hat sich in Strömen unschuldig vergossenen Menschenbluts berauscht. Jeder, welchen die protestantischen Gemeinden um seines Unglaubens willen verfolgt, verjagt, seines Eigenthums, seiner bürgerlichen Ehre beraubt haben, ist unrechtmäßig verfolgt worden; die Thrä=

nen der Wittwen und Waisen, die Seufzer der niedergetretenen Tugend, der Fluch der Menschheit lastet auf ihren symbolischen Büchern."

Fichte spricht für die Trennung der Kirche vom Staat, denn jedem von beiden kommt ein anderes Gebiet zur Regierung zu: der Kirche das unsichtbare und freie Gebiet des Gewissens, dem Staate die äußern Handlungen und die sichtbare Welt. Die Kirche sei innerhalb ihrer rein geistigen Sphäre frei, sie mag selbst einen Glauben verkünden, welcher dem Staate gefährlich erscheint; erst wenn dieser Glaube zur staatsgefährlichen Handlung wird, hat der Staat richtend und strafend einzugreifen und zwar nicht um des Glaubens, sondern um der Rechtsverletzung willen. Nur das Kirchengut ist der Punkt, in welchem Staat und Kirche nothwendig in Conflikt gerathen; und es fragt sich, ob der Staat ein Recht zur Säcularisation habe. Fichte bejaht dieses Recht und vertheidigt demnach die Säcularisation, welche damals in Folge der Revolution in Frankreich und bald darauf auch auswärts im größten Umfange stattfand.

Im Jahre 1798 veröffentlichte Fichte seine Sittenlehre, welche als die oberste Pflicht die Selbstständigkeit und Freiheit hinstellt, das Handeln nach dem Gewissen und der vernünftigen Ueberzeugung fordert und ebenfalls die Pflicht um der Pflicht willen zu erfüllen gebietet. Soweit urgirt Fichte das Handeln nach der eigenen Ueberzeugung, daß er geradezu ausspricht: „Wer auf Autorität hin handelt, handelt nothwendig gewissenlos. Kein Gebot, kein Ausspruch, und wenn er für einen göttlichen ausgegeben würde, ist unbedingt verbindlich, weil er da oder dort steht, von diesem oder jenem vorgetragen wird; er ist es nur unter der Bedingung, daß er durch unser eigenes Gewissen bestätigt werde, und nur aus dem Grunde, weil er dadurch bestätigt wird; es ist absolute Pflicht, ihn nicht ohne eigene Untersuchung anzunehmen, sondern ihn erst an seinem eigenen Gewissen zu prüfen, und es ist absolut gewissenlos, diese Prüfung zu unterlaſſen." — Das ganze Werk ſtellt nicht blos eine wiſſenſchaftliche Erörterung, ſondern zugleich eine pädagogiſche Anleitung und Aufforderung vor, um den Menſchen zu dem ihm von ſeinem Be= griffe vorgezeichneten Ziele zu führen, nämlich ihn zu einem freien Organ in der ſittlichen Ordnung der Welt zu erziehen. In dem Glauben an eine ſolche ſittliche Ordnung, wonach jede gute That in der Geſchichte unabſehbar fortwirken, das Böſe aber ſich ſelbſt aufheben und zerſtören muß, und in der freudigen praktiſchen Hingabe an dieſe Ordnung beſteht nach Fichte auch das Weſen der Religion.

Von dieſem Geſichtspunkte aus hat Niemand mehr als er das Weſen der Religion zu würdigen und mit herzbewegender Gewalt zu ſchildern vermocht: „Wo bei klarer Einſicht des Ver= ſtandes in die Unverbeſſerlichkeit des Zeitalters", ſagt er, „den= noch unabläſſig fortgearbeitet wird an demſelben, wo muthig der Schweiß des Säens erduldet wird ohne einige Ausſicht auf Ernte, wo wohlgethan wird auch dem Undankbaren und geſegnet wer= den mit Thaten und Gütern diejenigen, die da fluchen, und in der klaren Vorausſicht, daß ſie abermals fluchen werden; wo nach hundertfältigem Mißlingen dennoch ausgeharrt wird im Glauben und in der Liebe: da iſt es nicht die bloße Sittlichkeit, die da treibt; denn dieſe will einen Zweck, ſondern es iſt die Religion, die Ergebung in ein höheres und unbekanntes Geſetz, das demü= thige Verſtummen vor Gott, die innige Liebe zu ſeinem in uns ausgebrochenen Leben, welches allein und um ſeiner ſelbſt willen gerettet werden ſoll, wo das Auge nichts anderes zu retten ſieht."

Es war im Winter 1804/5, als Fichte in Berlin die Vor= leſungen, betitelt „die Grundzüge des gegenwärtigen Zeitalters", hielt. In denſelben conſtruirt er fünf Weltalter der Geſchichte und bezeichnet ſeine Gegenwart als das dritte, als die Epoche, wo nicht nur eine Befreiung von jeder gebietenden Autorität, ſondern auch von der Botmäßigkeit des Vernunftinſtincts und der Vernunft überhaupt in jeglicher Geſtalt ſich vollziehe. — Er geht mit seiner Zeit scharf ins Gericht und nennt sie eine Epoche der absoluten Gleichgiltigkeit gegen alle Wahrheit und der völligen Ungebundenheit ohne einigen Leitfaden; was nur der Stand der vollendeten Sündhaftigkeit sei. Eine zersetzende Kritik gehe in derselben mit einer groben Selbstsucht Hand in Hand, denn der gemeine Verstand, dem nichts begreiflich sei, als das eigene Wohlsein und dem darum alles als abergläubische Schwärmerei gelte, was über gemeine Lebenszwecke hinausgeht, gebe den Ton an und entleere das Bewußtsein von jenen Ideen, welche die Quellen jeder persönlichen und nationalen Größe sind. „Dieses Zeitalter“, fährt er fort, „wird mit unaussprechlichem Mitleid und Bedauern herabsehen auf die früheren Zeitalter, in denen die Menschen noch so blödsinnig waren, durch ein Gespenst von Tugend und durch den Traum einer übersinnlichen Welt den ihnen schon vor dem Munde schwebenden Genuß sich entreißen zu lassen; als sie noch nicht gekommen waren, diese Repräsentanten der neuen Zeit, und noch nicht die Tiefe des menschlichen Herzens durchsucht und erforscht hatten, daß dieses Herz im Grund und Boden nur Koth sei.“ Indem aber Fichte überzeugt ist, daß die Vertreter dieser Denkart besser sind als ihre Worte und daß der Funke des höhern Lebens im Menschen, so umnachtet er auch daliegen möge, doch nie erlösche, sondern mit stiller geheimer Gewalt fortglimme, bis ihm Stoff gegeben werde, an dem er sich entzünde und in helle Flammen ausbreche, bringt er seine Vorträge, um diesen Funken mit entzünden zu helfen. Doch nicht blos in Klagen und Vorwürfen erging sich Fichte in diesen Vorträgen, welchen das gewähltefte und gereifteste Publikum, darunter Staatsmänner ersten Ranges, beiwohnte, sondern er gab auch die Mittel an, um eine neue bessere Zeit heraufzuführen.

Er fordert, daß in jedem Menschen die Menschheit anerkannt und gewürdigt werde und alle darin sich als Gleiche achten; er fordert, daß die Religion, die aus dem einmal nicht auszurottenden Sinn für das Ewige entspringt, durch die Philosophie in einer neuen und höheren Gestalt der Zeit wieder vermittelt und das Johanneische Christenthum eine Wirklichkeit werde; denn die Erhebung zum Ewigen, die in der Religion vollzogen werde, gebe die Kraft zur Erhebung über jedes blos endliche Interesse, lasse in allem Leben die Erscheinung des Göttlichen erkennen, öffne darum auch erst das Auge für die Würde der menschlichen Persönlichkeit. „Die Religion", sagt er, „erhebt ihren Geweihten absolut über die Zeit als solche und über die Vergänglichkeit und versetzt ihn unmittelbar in den Besitz der einen Ewigkeit. In dem einen göttlichen Grundleben ruht sein Blick und wurzelt seine Liebe: was noch außer diesem einen Grundleben ihm erscheint, ist nicht außer ihm, sondern in ihm und blos eine zeitliche Gestalt seiner Entwicklung nach einem absoluten Gesetze, das da gleichfalls in ihm selber ist: er erblickt alles nur in dem Einen und vermittelst desselben, darum erblickt er aber auch zugleich in jedem Einzelnen das unendliche All."

Der religiös mystische Zug, welcher uns schon am Schlusse „der Grundzüge des gegenwärtigen Zeitalters" entgegentritt, ist in den Vorlesungen „Anweisung zum seligen Leben", welche Fichte im Jahre 1806 zu Berlin hielt, noch stärker ausgeprägt. Fichte weist hier darauf hin, daß überall, wo Leben ist, auch Gefühl des Mangels und darum Trieb nach Befriedigung oder, was dasselbe ist, nach Seligkeit sich finde. Dieser Trieb nach Ergänzung, wodurch erst das wahre oder selige Leben wirklich werde, sei die Liebe. Wer nun in den Grund des menschlichen Herzens blicke, entdecke auch hier das Gefühl tiefer Bedürftigkeit; in diesem Gefühl wurzele die Religion, ja sie sei in ihrer Anlage selbst nichts anderes als dieses Gefühl. — Der Drang nach Befriedigung treibe den Menschen nach Glückseligkeit zu jagen, aber es gebe unter Sonne und Mond kein Objekt, das nicht vergänglich wäre, das ihn also dauernd und wahrhaft befriedigen, dauernd und wahrhaft selig machen könnte. So werde das Herz nicht ruhig, es greife nur nach Schattenbildern umher und vergeude seine Liebe und sein Leben an den flüchtigen Schein. Ein solches Leben, wo jeder künftige Moment den vorhergehenden verschlingt, sei nur ein „ununterbrochenes Sterben". Die einzige Hülfe bestehe darin, daß wir unser Verlangen auf wesenhafte Güter richten und uns mit ihnen erfüllen, daß wir das Ewige in unsere Natur aufzunehmen und uns auf dasselbe zu gründen versuchen; damit aber verstünden und erfüllten wir nur das religiöse Bedürfniß, die Sehnsucht nach dem Ewigen; und da dieses nur durch den Gedanken ergriffen werden könne, so gründe sich die wahre Religiösität, welche das selige Leben erst gebe, auf die Erkenntniß oder Philosophie.

Im Herbste des Jahres 1806 brach der zuletzt unvermeidlich gewordene Krieg zwischen Frankreich und Preußen aus und ergingen in rascher Folge die schwersten Schläge über Preußens Heere.

Napoleon erstieg den Gipfel seiner Macht und seines Ruhms; Deutschland aber, nachdem bereits Oesterreich mit seinem Verbündeten Rußland ungefähr ein Jahr vorher in der blutigen Dreikaiserschlacht von Austerlitz (2. Dezember 1805) besiegt, durch die Gründung des Rheinbundes ein großer Bruchtheil des Reiches in ein Vasallen-Verhältniß zu Napoleon gebracht und an die französischen Interessen geknüpft, endlich durch alle diese Vorgänge Franz I. zur Entsagung der deutschen Kaiserwürde und damit zur feierlichen Erklärung der Auflösung des hl. römischen Reiches deutscher Nation gezwungen worden war, lag durch das Unglück Preußens, der letzten deutschen Macht, von der noch Rettung zu kommen schien, gebeugt und geschwächt hoffnungslos darnieder. Im Frieden zu Tilsit verlor Friedrich Wilhelm III. die größere Hälfte seiner Staaten, welche zu einer Vergrößerung für Sachsen, welches dafür dem Rheinbunde beitreten mußte, und zur Errichtung des Königreichs Westphalen für Jerome, Napoleons jüngsten Bruder, benützt wurden. Außerdem hatte Preußen noch eine Kriegsentschädigung von 150 Mill. Thalern zu zahlen, welche

Summe aber durch Contributionen und andere Auflagen des Feindes, welcher die Landesfestungen bis zum Abtrage der Kriegs= entschädigung besetzt hielt, fast um das Doppelte erhöht wurde.

Aber in diesen drangvollen Tagen des großen nationalen Unglücks gewann kleinmüthige Verzweiflung nicht die Oberhand, die Liebe zum Vaterlande flammte mächtiger in den Herzen auf, die Besten unseres Volkes besannen sich auf Rettung. Sie er= kannten, daß, wie der Verfall nur von Innen, aus sittlicher Ohn= macht nämlich, gekommen sei, auch die Rettung nur von daher, aus sittlicher Erhebung, zu kommen vermöge. „Es kam der Tag," sagt Ernst Moritz Arndt, „wo alle einzelnen Gefühle, Urtheile und Vorurtheile in den großen Schutt mit zusammensanken. Was Kaiser und Könige verloren und aufgegeben hatten, davon muß= ten sich endlich auch die Kleinen lösen. Als Oesterreich und Preußen nach vergeblichen Kämpfen gefallen waren, da erst fing mein Herz an, sie und Deutschland mit rechter Liebe zu lieben und die Wälschen mit rechtem treuem Zorn zu hassen. Als Deutschland durch seine Zwietracht nichts mehr war, umfaßte mein Herz seine Einheit und Einigkeit."

Für die Erweckung des deutschen Geistes und Selbstgefühls hat damals kein anderer mehr geleistet als Fichte, kein anderer ein größeres und muthigeres Beispiel patriotischer Gesinnung ge= geben als er. Gleich beim Ausbruch des Kriegs stellte Fichte seine Dienste zur Verfügung, er wollte als Prediger das Heer begleiten und auf dasselbe mit seiner zündenden Beredtsamkeit wirken. — Doch der König nahm das Anerbieten nicht an. Aus den Fragmenten eines Entwurfs „von Reden an die deut= schen Krieger" (vom Jahre 1806) ersehen wir den Geist, mit dem Fichte zum Heer zu sprechen gedachte. „Schlaffheit, Feig= heit, Unfähigkeit Opfer zu bringen, zu wagen," sagt er hier, „Gut und Blut an die Ehre zu setzen; lieber zu dulden und lang= sam in immer tiefere Schmach sich stürzen zu lassen, dies war der bisherige Charakter der Zeit und ihrer Politik. Dies ist das

Hängen am Staube, das jede Erhebung darüber für Exaltation hält, sogar für lächerlich findet. — Nur über den Tod hinweg, mit einem Willen, den nichts, auch der Tod nicht beugt und abschreckt, taugt der Mensch Etwas. Die Exaltation ist das einzige Ehrwürdige, wahrhaft Menschliche, die Trivialität aber ist Willenlosigkeit, mit der allzu oft auch Gedankenlosigkeit verknüpft ist." — „Was ist dagegen der Charakter des Kriegers? Opfern muß er sich können, dazu wird er erzogen. Bei ihm kann die wahre Gesinnung, die rechte Ehrliebe gar nicht ausgehen, — die Erhebung zu Etwas, das über das Leben und seine Genüsse hinaus ist. Zu euch darf die entnervende Sittenlehre, die erbärmliche Sophistik den Zugang nicht finden, die größten und mächtigsten Anhänger derselben müßten wenigstens von euch sie abzuhalten suchen."

Aber nur da, wo die allgemeine Freiheit eines Volkes und eines jeden Besondern bedroht wird, wie Fichte in seinen Vorlesungen über Staatslehre vom J. 1813, unmittelbar vor dem Beginn des Befreiungskrieges, ausführt, gibt es einen berechtigten und heiligen Krieg. „Das ist nicht ein Krieg der Herrscherfamilien, sondern des Volkes, und darum ist in ihm Jedem für die Person und ohne Stellvertretung der Kampf auf Leben und Tod aufgegeben. Der ist der ächte Krieger, für den das Leben nur als freies einen Werth hat und der darum gar nicht anders denn als Sieger leben kann, d. h. als Ueberwinder der Fremdherrschaft und Knechtschaft." — Nur Gedanken über die Mittel, wodurch das Vaterland sich aus seiner tiefen Erniedrigung wieder aufrichten könne, beschäftigten um die Zeit der großen nationalen Bedrängniß Fichte. Er fand sie vor Allem, wie er dies in den Reden an die deutsche Nation darlegt, in der Heranbildung einer neuen Generation, in einer durchgängigen Reform der Erziehung, welche ihm in Pestalozzi's Ideen, wonach der Zögling zur Humanität gebildet und jegliche Kraft in ihm angeregt und zur Selbstthätigkeit entwickelt werden solle, vorgezeichnet schien. — Damals reifte der längstgehegte Plan bei der preußischen Regierung, in Berlin eine Universität zu gründen, welche die Pflanzschule eines neuen Geistes der Nation werden sollte; denn, wie der König selbst sich hierüber ausdrückte: „der Staat muß durch geistige Kräfte ersetzen, was er an physischen verloren hat." — Fichte wurde zu diesem Zwecke von dem Kabinetsrath Beyme aufgefordert, einen Plan für die Einrichtung der neuen Universität auszuarbeiten. „Niemand", schrieb Beyme an Fichte, „fühlt so lebendig als Sie, was uns noth thut, und Niemand übersieht dies so in seiner Allgemeinheit, als Sie." — Der Plan, welchen Fichte ausarbeitete, fand keinen Beifall; er stand aber im Zusammenhang mit seinen Gedanken einer vom Staat geleiteten Nationalerziehung, welche in der Bildung der künftigen Universitätslehrer ihren höchsten Abschluß finden sollte.

Mit tiefem Schmerz in der patriotischen Seele, aber auch mit ungebrochenem Muth und dem festen Vertrauen auf Deutschlands Wiedererhebung eröffnete Fichte im Winter 1807/8 in Berlin, zu einer Zeit, wo noch die Franzosen die Stadt besetzt hielten, seine Reden an die deutsche Nation. Er kannte die Gefahr, in welche ihn seine kühne Beredtsamkeit stürzen mußte; noch war es nicht viel mehr als ein Jahr, daß Buchhändler Palm von Nürnberg, weil er sich geweigert hatte, den Verfasser einer bei ihm verlegten kleinen Schrift: „Deutschland in seiner tiefsten Erniedrigung" zu verrathen, auf Napoleons Befehl in Braunau erschossen worden war. „Ich weiß recht gut, was ich wage", schrieb Fichte am 2. Januar 1808 an Beyme, „ich weiß, daß ebenso wie Palm ein Blei mich treffen kann; aber dies ist es nicht, was ich fürchte, und für den Zweck, den ich habe, würde ich gerne sterben". — Dieser Zweck war kein anderer, als dem deutschen Volk einerseits durch die Erinnerung an seine ursprüngliche Kraft und geschichtliche Größe, durch die Darstellung seiner Idee und geschichtlichen Mission ein patriotisches Selbstbewußtsein zu erwecken, und andrerseits ihm die Wege zu zeigen, auf welchen es seine Weltbestimmung wieder erfüllen könne. Nicht selten wurde während dieser Reden Fichte's Stimme von französischen Trommeln, die durch die Straßen zogen, übertäubt und allgemein bekannte Aufpasser und Denuncianten erschienen in seinem Saal.

Fichte eröffnete seine Reden mit dem Bekenntniß, daß die deutsche Nation aus eigener Verschuldung gefallen, daß es darum vor Allem der Einsicht in den innersten Grund des Verderbens bedürfe, weil sie zugleich die Einsicht in den innersten Grund der Rettung sei. Dieser Grund des Verderbens sei die Selbstsucht, welche in Deutschland von Unten bis Oben hinauf Alles angefressen und jeden thatkräftigen Gedanken an das gemeinsame Vaterland ausgelöscht habe. Nachdem aber einmal das Unglück hereingebrochen, dürfe der Schmerz darüber kein elender sein, der sich nur in Vorwürfen und Klagen ergehe, sondern er müsse männlich, mutherfüllt und besonnen dem öffentlichen Unglück fest ins Auge schauen und die Mittel der Rettung suchen. „Doch kein Mensch und kein Gott und keines von allen im Gebiete der Möglichkeit liegenden Ereignissen kann uns helfen, sondern wir müssen uns selber helfen, falls uns geholfen werden soll." Und von dieser rettenden Selbsthülfe ist Fichte tief überzeugt und darum will er auch in seinen Reden Muth und Hoffnung bringen. Die oberste Bedingung zur Rettung kann nur eine Wiedergeburt und Neuschaffung des deutschen Volkes sein, welche aber eine auf Alle sich erstreckende Volkserziehung erfordert, die den ganzen Menschen berücksichtigt, alle seine Kräfte harmonisch ausbildet und durchgängig von dem Zwecke, einen festen sittlichen Willen hervorzubringen, geleitet ist. Vom deutschen Volke dann soll die intellectuelle und moralische Erneuerung der ganzen Menschheit ausgehen — eine Mission, welche nur von einem Volk wie das deutsche, das noch ein Urvolk ist und die Ursprünglichkeit seiner Geistesart sich rein bewahrt hat, ausgeführt werden kann. Denn während die übrigen germanischen Völker die römische

Sprache annahmen und dadurch eine nur auf der Oberfläche sich regende, in der Wurzel aber todte Sprache besitzen, haben die Deutschen die ihrige behalten, und sie reden demnach „eine bis zu ihrem ersten Ausströmen aus der Naturkraft lebendige Sprache". In einer fremden Sprache nimmt man die Lautsymbole eines fremden Denkens als Ausdruck seiner eigenen Begriffe mechanisch auf; in der eigenen Sprache aber denkt man zugleich im Wort und so ist das Denken eines Volkes, das seine Sprache bewahrt hat, noch lebendig, ins Leben wirkend und schöpferisch. Ein solches Volk steht noch im innigen Zusammenhang mit dem göttlichen Urquell, woraus es strömte; es ist daher religiös und philosophisch.

Daß aber die Deutschen ein Urvolk sind, dem es mit Religion und Geistesbildung ernst ist, beweist auch die Weltthat der kirchlichen Reformation. Sie ging hervor aus einem ernsten Ringen des deutschen Gemüths, aus tiefgefühltem Heilsbedürfniß, welches in dem entstellten Christenthum keine Befriedigung mehr finden konnte. „Ihn (Luther nämlich)", sagt Fichte, „ergriff ein allmächtiger Antrieb, die Angst um das ewige Heil, und dieser war das Leben in seinem Leben und setzte immerfort das Letzte in die Wage und gab ihm die Kraft und die Gaben, welche die Nachwelt bewundert. Mögen Andere bei der Reformation irdische Zwecke gehabt haben, sie hätten nie gesiegt, hätte nicht an ihrer Spitze ein Anführer gestanden, der durch das Ewige begeistert wurde. Daß dieser, der immerfort das Heil aller unsterblichen Seelen auf dem Spiele stehen sah, allen Ernstes allen Teufeln in der Hölle furchtlos entgegenging, ist natürlich und durchaus kein Wunder. Dies ist nur ein Beleg von deutschem Ernst und Gemüth."

Die Reformation bahnte einer neuen Philosophie die Wege; das Ausland regte wohl die Aufgabe einer solchen an, aber gelöst wurde sie nur durch den deutschen Geist, welcher frei von aller äußern Autorität und nicht gefangen durch den sinnlichen

Schein bis zum Vernunftgrund der Welt vordrang. Auch der Versuch der Revolution, einen vernunftgemäßen Staat zu errichten, konnte dem französischen Volke nicht gelingen, da es nicht den für einen solchen Staat nothwendigen Stoff darbietet; erst durch eine neue planmäßige Volkserziehung können die Bürger des zukünftigen Vernunftstaats herangebildet werden und diese Aufgabe kann und wird nur das deutsche Volk lösen. „Die deutsche Nation ist die einzige unter den europäischen Nationen, die es an ihrem Bürgerstande schon seit Jahrhunderten durch die That gezeigt hat, daß sie die republikanische Verfassung zu ertragen vermöge."

Der ausländische Geist ist in allen seinen Bildungsformen von dem Deutschen wie das Nichtursprüngliche vom Ursprünglichen, wie der Tod vom Leben verschieden. Der ausländische Geist, innerlich abhängig und unselbstständig, glaubt an ein Letztes und Festes in der materiellen Welt, seine Weltansicht ist sinnlich, mechanisch und materialistisch; ebenso leblos und mechanisch ist seine Staatskunst, welche nur fortwährend mit dem Experiment einer guten Staatsmaschine sich quält und die Lösung der politischen Aufgabe vor Allem in der Fürstenerziehung sucht. Dagegen erkennt der deutsche Geist in allem Sein nur ursprüngliches Leben aus und in Gott, verfolgt in seinem Staatsleben die Entwicklung und den Fortschritt der Menschheit und besteht ihm daher die Hauptaufgabe der Staatskunst nicht in der Fürsten= sondern in der Nationalerziehung.

Ein Volk ohne ursprüngliches Leben hat keine eignen, in seiner Natur gegründeten Aufgaben, kein gemeinsames Gesetz des Fortschritts, keine nationale Entwicklung, keinen ächten Volksgeist und daraus geprägten Nationalcharakter, es ist kein Volk im vollen Sinne des Worts. Wahrer Patriotismus ist auch nur bei einem ursprünglichen Volke möglich, welches in die Vergangenheit blickend sich durch den Lauf der Zeiten in seiner Eigenthümlichkeit unverletzt erhalten erkennt und darum auch an seine

Fortdauer in der Geschichte glaubt. Es erfaßt seinen Geist als eine Offenbarung des Göttlichen und ist tief von seiner Mission für die Weltgeschichte durchdrungen. So geschieht hier die Hingabe an den Volksgeist, das Opfer der Persönlichkeit für die allgemeine Sache der Nation mit dem Bewußtsein einer ewigen Sache zu dienen und mit und in ihr selbst ewig fort zu leben. So fällt hier die Vaterlandsliebe und die Gottesliebe zusammen. „Die Verheißung eines Lebens auch hienieden über die Dauer des Lebens hienieden hinaus — allein diese ist es, die bis zum Tod fürs Vaterland begeistern kann." Der wahre Patriotismus reicht darum weit hinaus über den Staat und die gesellschaftliche Ordnung, seine Zwecke gehen nicht blos auf Erhaltung des Friedens, Sicherung des Eigenthums und des Wohlseins Aller; weil alle diese Zwecke auch unter dem Joch der Fremdherrschaft zu erreichen wären; sondern auf die Rettung und Erhaltung des Volksgeistes, als eines nothwendigen, gottgewollten Organs für die allgemeine Entwicklung der Menschheit in der Geschichte. In Zeiten, wo es sich um diese Rettung und Erhaltung des Volksgeistes handelt, da muß die Vaterlandsliebe den Staat regieren und Alles jenem einen Zwecke unterordnen — „jene verzehrende Flamme der Vaterlandsliebe, welche die Nation als die Hülle des Ewigen umfaßt, für welche der Edle mit Freuden sich opfert und der Unedle sich eben opfern soll." — So hoch denkt Fichte von dem Genius der deutschen Nation und seiner welthistorischen Aufgabe. Die deutsche Nation, welche allein noch geistige Ursprünglichkeit bewahrt hat und darum religiös und philosophisch ist, erscheint ihm als das reformatorische, auf die Menschheit stets erneuernd und fortgestaltend wirkende Volk, als das Volk, dem die erste Kulturmission geworden, welches der vornehmste Träger und Förderer der großen Aufgaben und Ziele der Geschichte ist. Auf ihm beruht darum die Hoffnung und das Heil der Menschheit und so schließt er seine Reden mit den Worten: — „Die alte Welt mit ihrer Herrlichkeit und Größe, sowie mit ihren

Mängeln, ist versunken durch die eigene Unwürde und durch die Gewalt eurer Väter. Ist in dem, was in diesen Reden dargelegt worden, Wahrheit, so seid unter allen neuern Völkern ihr es, in denen der Keim der menschlichen Vervollkommnung am entschiedensten liegt, und denen der Fortschritt in der Entwicklung desselben aufgetragen ist. Geht ihr in dieser eurer Wesenheit zu Grunde, so geht mit euch zugleich alle Hoffnung des gesammten Menschengeschlechts auf Rettung aus der Tiefe seiner Uebel zu Grunde. . . . Es ist daher kein Ausweg; wenn ihr versinkt, so versinkt die Menschheit mit, ohne Hoffnung einer möglichen Wiederherstellung."

Es würde mich zu weit führen, auf die Vorschläge noch einzugehen, welche Fichte bezüglich einer neuen Nationalerziehung macht, ich hebe nur noch hervor, daß er in diesen Reden die Politik des künstlichen Gleichgewichts in den europäischen Machtverhältnissen als unheilvoll für Deutschland darstellt, weil jede Verrückung dieses Gleichgewichts auf seine Kosten ausgeglichen werde. „Wäre nur wenigstens Deutschland Eins geblieben, sagt er, so hätte es auf sich selbst geruht im Mittelpunkte der Welt; es hätte sich in Ruhe erhalten und durch sich seine nächste Umgebung und hätte durch sein bloßes Dasein allen das Gleichgewicht gegeben."

Der ewige Frieden, den er, wie Leibnitz und Kant, von der Zukunft erwartete, schien ihm wohl an der Consolidirung Deutschlands seine festeste Stütze zu haben. Er warnt Deutschland, sich in die auswärtigen politischen Conflikte einzumischen und spricht sich gegen den Welthandel aus: eine Idee, welche er in seinem „geschlossenen Handelsstaat" näher dahin ausführt, daß der Staat auch ökonomisch ein sich selbst genügendes Ganzes ausmachen, Production und Consumtion mit einander ausgleichen und durch Sicherung der Arbeit und des Absatzes Jedem die Möglichkeit des Erwerbes sichern soll — in welchen Projecten Fichte augenscheinlich mit den Forderungen des Socialismus vielfach zusammentrifft. — Und endlich bekämpft er noch das blen= dende Trugbild des Cäsarismus und der Universal=Monarchie, in welcher Alles centralisirt, alle menschliche Mannigfaltigkeit und Eigenthümlichkeit verwischt und zerrieben und eine Abstumpfung und Verflachung des geistigen Lebens, die um so verderblicher wirkt, je ursprünglicher die Anlagen und Keime der geistigen Natur sind, erzeugt würde. Nichts, meint er, passe weniger zu der deutschen Geistesart.

Von Fichte's Reden an die deutsche Nation sagt mit Recht sein Sohn: „Sie gehören zu den eigenthümlichen Schätzen un= serer Literatur, durch die wir unterschieden und bevorzugt sind vor andern Völkern; denn gerade aus deutschem Geiste sind sie entsprungen, indem sie die tief in uns verborgene Gesinnung in's hellste Bewußtsein hervorziehen, um sie veredelt und gereinigt, wie im verdichteten Spiegelbilde, vor uns hinzustellen. Darum, wenn es gilt, unser Volk an seine ursprüngliche Kraft und Be= stimmung zu erinnern, es zu gemeinsamen Thaten zu befeuern, wird es wohlgethan sein, ihre Wirkung von Neuem zu erproben." — Uebrigens den Geist, welcher ein Decennium später in Berlin herrschte, bezeichnet es, daß man die Herausgabe einer neuen Auflage der Reden verbot, da dieselben „ein verführerisches und leere Phantasien nährendes Buch" seien. Doch ist auch Fichte während seines ganzen Lebens von Obenher keinerlei Dank und Anerkennung geworden, man fand den selbstständigen und kühnen Mann nur lästig.

Als endlich Napoleons Geschick mit dem Brande von Mos= kau und dem Rückzuge aus Rußland sich zu erfüllen begann, als Preußens König dem einmüthigen Verlangen seines Volks nicht länger widerstand und dasselbe zum Krieg gegen den ge= waltigen Eroberer aufrief — am 3. Februar 1813 —, als jedes Alter und alle Stände zu den Waffen eilten, und selbst die Aerm= sten noch Opfer und Gaben auf den Altar des Vaterlandes nie= derlegten, da wollte auch Fichte nicht zurückbleiben. Abermals bot er sich als Feldprediger für das Heer an. — Doch auch diesmal wurde sein Verlangen nicht erhört; und so trat er wenigstens in Berlin in die Reihen des Landsturms, bei welchem im Falle der letzten Noth noch die Vertheidigung sein sollte, und setzte in Vorlesungen während des Sommers 1813, nachdem bereits ein blutiges Ringen mit dem Feinde begonnen hatte, seine patriotische Einwirkung auf die akademische Jugend fort. In diesen Vorträgen verläugnet er den Freisinn nicht, den er in seinen früheren politischen Schriften niedergelegt, wo er von unveräußerlichen Menschenrechten gesprochen und die Regenten für ihre Verwaltung und Rechtsexecution einem Ephorat verantwortlich machen wollte; aber ganz besonders sind hier seine Gedanken dem Kriege zugewendet, den er als einen wahren und heiligen Krieg schildert. Und wieder kommt er auf den weltgeschichtlichen und politischen Beruf der deutschen Nation zurück. „Das Postulat von einer Reichseinheit, eines innerlich und organisch durchaus verschmolzenen Staates darzustellen, sagt er, sind die Deutschen meines Erachtens berufen und dazu da in dem ewigen Weltplane. In ihnen soll das Reich ausgehen von der ausgebildeten, persönlichen individuellen Freiheit; nicht umgekehrt. . . . . Und so wird von ihnen aus auch erst dargestellt werden ein wahrhaftes Reich des Rechts, wie es noch nie in der Welt erschienen ist in aller der Begeisterung für Freiheit des Bürgers, die wir in der alten Welt erblicken, ohne Aufopferung der Mehrzahl der Menschen als Sklaven, ohne welche die alten Staaten nicht bestehen konnten: für Freiheit, gegründet auf Gleichheit alles dessen, was Menschengesicht trägt. Nur von den Deutschen, die seit Jahrhunderten für diesen großen Zweck da sind, und langsam demselben entgegen reifen -- ein anderes Element ist für diese Entwicklung der Menschheit nicht da."

Als in Folge der Gefechte in der Nähe Berlins die Militärspitäler der Stadt mit Verwundeten und wegen der großen Mühseligkeiten des Feldzuges auch mit Kranken, besonders Nervenkranken, überfüllt wurden, und die öffentlichen Anstalten nirgends Genüge leisten konnten, forderten die Behörden selbst durch die Zeitungen die Frauen zur Pflege der Kranken und die Bewohner zu Beiträgen auf. Da war Fichte's Gattin eine der ersten, die aus eigenem Entschlusse, wie mit dem Willen des Gatten, sich dazu erbot. Sie überwand mühsam den Widerwillen, den sie anfangs empfand, unbekannten Kranken zu nahen, doch bald schien dieses Geschäft ihr der heiligste Beruf, dem sie alle Kräfte, auf jede Gefahr hin, zu widmen entschlossen war. Nicht blos leibliche Pflege brachte sie den leidenden Kriegern, wichtiger war es ihr, den geistig Verschmachtenden den innern Quell eines hö= hern Trostes zu zeigen. Aber nach fünfmonatlicher ununterbro= chener Krankenpflege in den Lazarethen warf sie ein heftiger Aus= bruch des Nervenfiebers, das sie sich durch Ansteckung zugezogen hatte, auf's Krankenlager und bald entwickelte sich das Uebel zu einer so furchtbaren Höhe, daß fast keiner Hoffnung mehr Raum gegeben wurde. An dem Tage der dringendsten Gefahr hatte Fichte seine Vorlesungen über die Wissenschaftslehre zu eröffnen; er nahm Abschied von der schon bewußtlosen Kranken; vom Schmerze gebeugt hatte sein Geist doch noch die Selbstbeherr= schung, einen Vortrag über die abstractesten Gegenstände zwei Stunden hintereinander fortzusetzen, so daß wohl Niemand ahnen mochte, er sei vom Sterbebett seiner geliebten Gattin gekommen, und der Gedanke begleite ihn nach Hause, sie vielleicht todt an= zutreffen. Aber gerade während der größten Gefahr hatte sich eine wohlthätige Krisis vorbereitet, so daß die Aerzte zum ersten= mal Hoffnung schöpften. — Doch, als nun Fichte, von Freude überwältigt, mit Inbrunst über seine Gattin sich hinneigte und sie als gerettet und neu ihm geschenkt begrüßte, da scheint er den Keim der gefährlichen Krankheit eingesogen zu haben, die immer heftiger zu wüthen begann. In einem der letzten Augen= blicke, wo sein Bewußtsein wieder licht wurde, brachte ihm der Sohn noch die Nachricht von Blüchers Rheinübergang und dem siegreichen Vordringen der Verbündeten in Frankreich. Da erwachte sein Geist noch einmal zur alten Kraft, es war die letzte Freude, die ihm auf Erden wurde. Und die Freude und die Hoffnung auf Deutschlands bessere Zukunft verflocht sich auch nachher so eigen mit den Phantasien seiner Krankheit, daß er selbst am siegreichen Kampfe theilzunehmen glaubte.

In der Nacht vom 27. Jänner 1814 ging sein hoher Geist dahin, nachdem noch kurz vor seinem Tode für einen Augenblick die Klarheit seines Bewußtseins zurückgekehrt war und er die ihm angebotene Arznei mit den Worten zurückgewiesen hatte: „Ich bedarf ihrer nicht mehr, ich fühle, daß ich genesen bin."

Die deutsche Nation steht vor einem neuen und großen Abschnitt ihrer Geschichte. Wir haben das Recht zu glauben, daß keine der Erwartungen zu kühn war, welche unsere ersten Denker von der weltgeschichtlichen Kulturmission derselben hegten. Aber, wenn sie wirklich erfüllt werden soll, dann darf das reiche geistige Erbtheil, welches jene uns hinterließen, aus der Erinnerung unseres Volks nicht verschwinden, sondern muß von der Gegenwart und den kommenden Geschlechtern als ein heiliges Kapital treu bewahrt und fortentwickelt werden. Nur dann, wenn jene inneren Lebensmächte, wissenschaftliche Erkenntniß und religiöser Sinn, sittlicher Ernst und politischer Freimuth unter uns fort und fort wachsen und gedeihen, wird die Größe und Wohlfahrt der Nation für alle Zeiten verbürgt sein.

Anmerkungen.

1) Zankapfel.   2) sich sammelt.   3) Werbern.   4) Kriegslust.

5) Vergleiche E. Pfleiderer, G. W. Leibnitz als Patriot, Staatsmann und Bildungsträger, Leipzig 1870; A. Pichler, die Theologie des Leibnitz, 2 Theile, München 1869—70.

6) L. Häusser, Geschichte der französischen Revolution, von 1789—1799. Berlin 1867, p. 244.

7) Reden, Petersburg 1864, p. 156 ff.

8) Vergl. J. H. Fichte, J. G. Fichte's Leben und literarischer Briefwechsel, 2 Bde., Leipzig 1862. K. Fischer, Geschichte der neueren Philosophie, 5. Bd., Heidelberg 1868. L. Häusser, deutsche Geschichte, 3. Bd., Berlin 1869.

Druck von Gebr. Unger (Th. Grimm) in Berlin, Friedrichstr. 24.